그림이 시를 쓰다 1

내게로 가는 길

이 도서의 국립중앙도서관 출판시도서목록(CIP)은
e-CIP홈페이지(http://www.nl.go.kr/ecip)와 국가자료
공동목록시스템(http://www.nl.go.kr/kolisnet)에서
이용하실 수 있습니다. (CIP제어번호 : CIP2013003207)

그림이 시를 쓰다 1

내게로 가는 길

이정옥 시집

프란체스코 무라

우리글

꿈의 서사시 에드워드 휴즈 1851-1917 영국, 1902

서시序詩

자연은 창조주의 계명이다
자연은 창조주의 노래며 춤이다
자연은 창조주의 기쁨이며 슬픔이다

자연은 오늘도 완성을 향해 걸어가는
창조주의 옷자락 펄럭임이다

자연은 누구에게나
인생의 스승이며 삶의 위로다

내게 자연은 이 모든 것에 더해
시가 태어나게 한 영감靈感의 진원지였다

저녁연기 오르는 시골마을
나목에 둥지를 튼 까치집의
아름다운 청빈을 만나지 못했다면

깊고 푸른 절망의 언덕에서

푸른 춤을 추던 수양버들의
아름다운 평화를 만나지 못했다면

가을날 오동잎에 떨어지던 빗소리의
처절한 아름다움을 만나지 못했다면
내 시는 태어나지 못했을 것이다

땅 높이로 키를 낮춘 풀꽃의 아름다움
꽃망울 터뜨리는 봄바람의 감미로움
안개비 내리는 날 너울춤 추며 떠나는
꽃비의 아름다움 ……

아픔이 자라 기쁨이 되는 자연
사랑이 자라 부활이 되는 자연
감사가 자라 기적이 되는 자연

자연은 우리에게
생명의 순리順理는

내어놓음이며
죽음임을
이르고 또 이른다

자연의 계명은 내게 있어
생을 마감하는 날까지
치열하게 살아야 할 이유
시인으로서의 소명을 다해야 할 이유다.

| 차례 |

Ⅲ. 어디서 길을 잃었을까

I

봄날의 기적

봄 · 무하

에로스와 있는 뮤즈 리오넬 로이드 1852-1926 프랑스

사랑의 삶

배추밭에 고개 내민
한 떨기 들국화
마른가지 흔드는 은빛 바람

자연은 사랑의 변주곡이다
사랑은 기적의 변주곡이다

우리가 팔을 벌려 사랑하면
울던 아이가 해맑게 웃는다

아낌없이 사랑하면 꽃이 핀다
절절히 그리워하면 열매가 익는다

영혼을 다해 삶을 사랑하면
소명召命 앞에서 웃는 것이다.

레바논 삼목을 위한 순례 코스트카 티바다르 1853-1919 헝가리, 1907

내게로 가는 길

오늘도 나는
길 떠날 차비로 분주하다

천국에의 꿈도
미련 없이 버린다
지옥에의 두려움도
가차 없이 버린다

영원을 찾아 은하까지 간다 해도
욕망의 고달픔을 끌고 다니면
구원의 꿈은 허사이리

열망 하나 남기고
모두 버린다
거침없이 내게로 달려가
내가 되기 위해.

꽃이 활짝 핀 사과나무 카지미르 말레비치 1878-1935 우크라이나

반만 버려도

나목의 가난으로 겨울을 이긴
과일나무에 꽃이 만발이다
버리면 자유
놓으면 평화
나무는 우리보다 먼저
청빈의 지혜를 터득했다

꽃이 만발한 과일나무가
나를 부끄럽게 한다

이룰 수 없는 희망으로 흘러넘치는
위장된 허욕들
가진 것 반만 버려도
행복이 만발하리.

루오베시 호수 너머 석양 갈렌 칼렐라 1865-1931 핀란드

그대와 나

그대는 밤안개로 내려
감로수 되고
나는 꽃비로 내려
무지개 되기 위해
우리는 기쁨으로 만났거늘

그대가 영광을 고집하며
유람선 띄우자
나는 자유를 고집하며
청산을 원했다

지나간 세월이 새삼 아쉬워
댓돌에 서서 먼 산 바라보니
서산에 노을이 불타고 있다.

봄의 요정 알퐁스 무하 1860-1939 체코, 1894

봄날의 기적

마른 가지마다 연두색 물오르고
강나루에 물안개 피어오르는
촌락의 다사로운 아침나절
죽음의 대지에 봄은 기적이다

영혼의 우수憂愁가 기쁨이 되고
육신의 아픔이 은총이 되는
나도 그대에게
봄날의 기적이고 싶다

꽃샘바람의 아린 춤이
자작나무 숲을 흔들고 있다
풀꽃 잠 깨우는 바람으로
나도 그대에게
봄날의 기적이고 싶다.

기다림 니키포로스 리트라스 1832-1904 그리스

만남

나그네의 발길을 생각하며
낙동강 갈대숲에
꽃씨가 된다면

길 잃은 사슴을 생각하며
풀숲에 교교皎皎한
달빛이 된다면

봄을 기다리는 매화 가지에
꽃망울 터뜨리는
바람이 된다면

그대가 나의 춤이고
내가 그대의 노래가 된다면.

숲속 오솔길 아르망 기요맹 1841-1927 프랑스, 1875

그곳이 어디든

숲이 구름을 그대라 부르니
구름이 풀숲에 이슬로 내려
마른 가슴 적시는 감로수가 된다

만물이 서로에게 그대가 되어
생명의 신비로 빛나는 것을
산정山頂에 올라 바라본다

외로운 순례자의 길인들 어떠리
그곳을 달려가며 가슴이 뛰면
세상은 만발한 꽃밭이 되리

갓길에 주저앉아 쉬는 사이
강물은 흘러 바다로 가고
바람은 산마루를 넘어서리.

무의식의 경쟁자 알마-타데마 1836-1912 네덜란드, 1893

꽃샘바람

눈물이 멎기를 기다려줄
친구
우정은 따뜻한 축복이다

들꽃 같은 추억들 떠올리며
마지막을 미소로 배웅해 줄
친구
우정은 은밀한 은총이다

가지만 흔들고 떠나는 바람은
우정이 아니라 꽃샘바람이다.

녹턴, 철길 교차로, 시카고 프레더릭 하쌈 1859-1935 미국, 1893

첫 차를 타리라

산모퉁이 돌아서는 기적소리
막차는 떠나고 밤이슬이 차다
이름도 낯선 간이역 대합실
나는 왜 기차를 놓쳤을까

타인의 시선이야 대수로우랴
기쁠 땐 소리쳐 언덕을 달리고
슬플 땐 목 놓아 서러워해야 하리

때로는 하느님의 곤한 잠 깨워
투정도 해야 하리
보채기도 해야 하리

영혼의 방황을 끝내려면
나의 하느님을 만나야 하리니
그대가 한사코 만류해도
내일 새벽 첫차를 타리라.

스콘피타 윌리엄 블레이크 1757-1827 영국
스콘피타 = 신의 뜻을 받아 전하는 이

소식을 기다리며

과장된 표어에 놀란
이 시대 하느님

원색 율법에 갇힌
이 시대 하느님

새 천년의 하느님을 전하는
그대 소식 듣기만 하면

새벽을 기다리지 않고
길을 떠나리.

출항을 못하고 프레더릭 로빈슨 1862-1927 영국, 1912

멍에

기쁨과 슬픔의 선택을
우리에게 맡기신 이여
삶과 죽음의 선택을
우리에게 맡기신 이여

결단의 순간이면 언제나
혼자 감당하라 하시는 이여

예측할 길 없는 미래
등 뒤에 감추시니
우리에게 주신 자유
멍에가 됩니다.

새들의 천사 프란츠 드보라크 1862-1927 오스트리아, 1910

산새의 죽음을 슬퍼하며

날기 시작한 산새 한 마리
창문에 비친 구름 낀 하늘을
드높은 창공으로 알았나보다
거침없이 날다 부딪혀 죽었다

진종일 부슬비가 내린다
어미 새가 울며 떠나지 못한다

인간사人間事도 다를 것 없으리
가짜에 열광하다
포장에 열광하다
상처입고 쓰러진 무수한 절망들

한 마리 산새의 죽음이
비가 되어 내린다.

완두콩을 심기 위한 땅 다지기 카미유 피사로 1830-1903 프랑스, 1891

채전 밭에서

땀에 젖은 농부를 바라보며
그분이 미소를 짓는다

우리가 열정을 잃으면
그분 기쁨이 창백해진다

우리가 우리를 아끼는 것보다
우리를 더 아끼시는 분

우리는 그분이 파견한
그분 채전 밭의 농부

열배 백배 씨앗의 기적은
그분이 주신 은총이다.

사람에게 빛을 주다 폴 베스나르 1849-1934 프랑스, 1891

절망

어느 날 절망이 찾아오면
소지燒紙 태운 연기를
하늘로 올리듯
영혼의 정화를 위해
참회의식을 치러야하리

절망은 씻김굿의 기회
상승을 위한
한바탕 불꽃놀이

절망한 적이 한 번도 없다면
꿈이 뭉개진 선잠에
아직도 취해 있음이리.

청춘의 반란

깨끗하게 비워야
새 것으로 채워지고
한없이 낮아져야
높이 날 수 있는
삶의 이치를 뒤늦게 알았느니

추수철 돌풍의 야속함도
새봄을 위한 섭리
그 깊은 뜻을 뒤늦게 알았느니

신은 죽었다고 절규했던
청춘의 반란은 끝이 났느니.

II

꽃이고 싶었다

여름·무하

태양을 안은 여인 앨리스 바니 1857-1931 미국, 1904

그날 내 생애를

아직도 나는
내일의 가난을 두려워하여
오늘의 자유를 헐값에 팔지만

아직도 나는
선인先人들의 당부를 기억하면서도
행복과 불행을 편 가르고 있지만

인생을 묻다 길을 잃었을 때
— 마음이 가난한 이는 행복하다

영혼을 울리는 청빈의 지혜
그날 내 생애를 그분께 맡겼다.

신념 조지 와츠 1817-1904 영국, 1896

부활을 열망하며

꽃은 열매를 위해
바람을 기다리고

열매는 영원을 위해
땅에 묻힌다

부활의 지름길이 죽음임을
오랜 세월 잊고 지냈다

노래가 고집하니 목이 쉬고
춤이 고집하니 발목이 시리다

나도 오늘은 부활을 열망하며
달음질을 멈추고 하늘을 우러른다.

정원에 둥근 창이 있는 집 에곤 실레 1890-1918 오스트리아, 1907

풍경

초록으로 빛나는 파초 잎에
소나기 한 줄기 쏟아진다

거미줄에 맺힌 빗방울이
진주처럼 빛나고

길 잃은 찌르레기 한 마리
목청 돋워 운다

투명한 물빛 풍경이
나를 침묵케 한다.

카네이션 에밀 베르농 1872-1919 프랑스

꽃이고 싶었다

꽃이고 싶었다
나비가 되어 날고 싶었다
헛된 꿈꾸다 뿌리째 뽑혀
내가 울자 하느님도 울었다

빈 가슴으로 내 자리 돌아오니
저만치 앞서가는 세월이 보인다

자기만의 춤으로 영혼을 사룰 때
그분이 말없이 기뻐하느니

물감을 주면 그림을 그리고
나룻배 주면 사공이 되리
기다리라 하면 풀잎으로 눕고
떠나라 하면 풀씨로 흩어지리.

우물에서 생각에 잠겨 카미유 코로 1796-1875 프랑스, 1870

쉬어가기

이른 태풍에 바닷길 막히자
바람이 먹구름 몰고 가리니
느긋하게 쉬어가라 하더이다

달리다 넘어져 피 흘리자
말갛게 새 살 돋아나리니
느긋하게 쉬어가라 하더이다

깊이를 알 수 없는 하늘이치
하늘우물에 두레박을 드리워
오늘도 나는 느긋함의 지혜
쉬어감의 지혜를 길어올린다.

비탄 알베르트 에델펠트 1854-1905 핀란드

약손

외로움 곁에서는 외로움 되어
슬픔 곁에서는 슬픔이 되어
깊은 절망도 봄눈처럼 녹이는
따뜻한 침묵의 약손이 그립다

위로의 한마디가 때로는
상처를 헤집는 가시가 되고
연민의 시선 또한 자주
부담스런 올무가 되느니

꺾인 노송 품고 숲이 고요하듯
말없이 가만히 곁에 머무는
따뜻한 침묵의 약손이 그립다.

세속에 얽매여 에벌린 모건 1850-1919 영국, 1897

종이꽃

새벽을 깨우려는 별똥별의 꿈은
떨어져야 빛이 되는
하늘이치

꽃으로 피려는 산열매의 꿈은
떨어져야 새싹 되는
하늘이치

우리들 삶의 하늘이치는
새처럼 가볍게 날아오르는 것

오늘도 나는
종이꽃을 안고 머뭇거린다
가진 것에 대한 허허虛虛한 미련
언제쯤 그럴 수 있으랴
종이꽃 버리고 날 수 있으랴.

여름의 알레고리 살바도르 마엘라 1739-1819 스페인, 1792

은총

하얗게 새하얗게 빨래를 하듯
상처 입은 영혼을 헹구고 싶은
그런 순간은 누구에게나 있다

산마루를 넘어온 선들바람이
그날 나를 위로했다

토란잎에 구르는 은빛 이슬
들녘에 쏟아지는 금빛 햇살
신선한 아름다움이 지천이었다

자연의 은총은
누구에게나 차별이 없었다.

경탄하며 깨어나다 허버트 슈말츠 1856-1935 영국, 1897

응답應答

노자가 말했지요
— 들으려 해도 들리지 않느니
　보려 해도 보이지 않느니
　잡으려 해도 잡히지 않느니
　말로 논할 수 없어
　한마디로 도道라 하느니

깊이를 헤아릴 길 없는
하늘님 모습임을 기억하라던
서당 훈장의 고전 풀이를
담 너머에서 엿들었지요

먼 길 돌아 당도하느라
내 미투리는 잿빛이 되었지만
어찌 포기할 수 있겠는지요

당신이 부르시기만 하면
하루가 영원이 되리.

운명의 두루마리 월터 크레인 1845-1915 영국, 1882

운명에게

악연이 쓸고 간 빈들에서
십여 년 흘린 모정의 눈물
상실의 아픔이 오죽했으랴
불혹不惑에 찾아온 죽음 앞에서
그녀의 눈빛이 너무 처연悽然하다

우리가 감히 하늘을 우러러
최선을 다했다 말할 수 있으랴
그럼에도 오늘
맥없이 운명에게 그녀를 넘겼다

— 최선을 다했는가謀事在人
하늘에 맡겨라成事在天

그대 남긴 말 기억하면서도
운명에게 자주 화를 낸다.

무지개 로베르 들로네 1885- 1941 프랑스, 1913

나의 사제_{司祭}

사제의 기도는
절망의 먼지를 씻어내는
비 개인 날의 아름다운 무지개

그대가 나를 축복하면
내가 그대를 축복하면
우리도 서로에게 사제가 되리

그대는 아직도
왜 사는지를 묻고 있는지

세찬 비바람 꽃잎 쓸어가도
그래도 인생은 아름다우리
우리가 서로에게 사제가 되면.

그리스도와 부타 폴 랑송 1864-1909 프랑스, 1890

신비의 문
– 모든 종교의 길 위에서

삶에는 길이 있다
수천수만 갈래의 길이 있다
그 중의 하나인 내 길을 찾아
오늘도 길을 떠난다

삶의 춤이 벽화가 되고
죽음의 노래가 경전이 된
억만 년 된 숲속
천년 묵은 동굴

그곳에서 만날 수 있으리
전생과 이승과 저승
삼천 세계를 볼 수 있는
신비의 문으로 가는
나의 길을.

케이티의 편지 해인스 킹 1831-1904 영국

다시 쓰는 편지

마지막 남은 황소 울면서
장터로 끌려간 지
몇 해 되었습니다

해가 동산에 솟아올라도
활기차게 아침을 알리던
수탉 홰치는 소리
멈춘 지 오랩니다

종가댁 솟을대문 삭아내리고
버려진 농가 무너진 우물가에
산나리 몇 송이 피었습니다

돌아오십시오
그대 떠난 고향은
너무 적막합니다.

외르 강둑의 포플러들 구스타브 루이세 1865-1935 프랑스,1903

미루나무 숲의 노래

서남풍이 몰려온다
태풍을 머금은 미루나무 숲이
거친 춤을 추며 떠나라 한다
떠나야 할 곳에서 머뭇거리는
내 아득한 혼절을
미루나무 숲이 다 기억함이다

쓸쓸한 이의 동행
나의 삶은 그러한가

목마른 이의 꿈
나의 시詩 또한 그러한가

길이 끊어져 떠나지 못하는데
미루나무 숲이 재촉한다
— 자연에게 맡겨라
  자연은 하느님의 정의正義다.

기적

절망의 순간 희망을 만나면
은총의 기적
죽음의 순간 구원을 만나면
축복의 기적

여우비 쏟아지던
지난 여름날
우산 속으로 나를 부르던 그대
누가 내게 그대를 보냈을까

하루를 여는 이른 아침
오늘 만날 기적들을 생각하며
사립을 열고 비질을 한다.

Ⅲ
어디서 길을 잃었을까

가을·무하

삶과 죽음 사이에서 무엇을 추구하는가 존 스탠호프 1829-1908 영국, 1896

이 별에서의 삶은

이름 없는 한 떨기 야생화의 삶
여기까지가 소명이라면
종종걸음 접고 순명하겠습니다

세상 모두를 사랑하라지만
사랑하고 싶은 것만 사랑해도
이 별에서의 삶은 빛날 것입니다

차별 없이 가슴에 품으라지만
고운 것만 모아 꽃밭 하나 만들어도
이 별에서의 삶은 아름다울 것입니다

그리운 것만 그리워하기도
하루해 짧아 허둥댑니다
더 이상의 노력은 거짓일 수 있습니다
귀향의 희망 하나로 버티겠습니다.

가을 자비에 멜레리 1845-1921 벨기에, 1893

가을날의 사랑

가을날의 사랑은
가슴 저미는 칠현금 가락이며
가로수 열매에 숨겨진
불타는 꿈이다

가을날의 사랑은
허공을 채우는 만남의 춤이며
하늘을 가로지르는
별똥별의 푸른 이별이다

찬란하여 서러운 가을에
충만하여 외로운 가을에
사랑이 몸살을 앓는다.

나뭇잎 엘리자베스 포브스 1859-1912 캐나다 출신 영국화가

어디서 길을 잃었을까

산다는 것은
물처럼 흐르는 것인데

나도 한때 그랬는데
바다 위에 안개비로 내려
녹아 없어지려 했는데

해안 절벽에 철썩이는
파도의 포말泡沫처럼 하얗게
부서지며 노래하려 했는데

어디서 길을 잃었을까
그리움에 목이 타는 나는
오늘도 슬퍼하며
어머니의 손을 놓친 아이처럼
무릎을 안고 잠이 든다.

호수의 강태공 폴 세뤼지에 1863-1927 프랑스, 1890

사랑의 소묘素描

– 기다림

은물결 흐르는 저물녘 강기슭
그대가 낚싯대를 드리우면
그대 곁에서
하느님도 기다린다

송어 두어 마리
낚아 올릴 때까지

기다림은 얼마나 아름다운가
길 떠난 그대를 기다리는
푸른 새벽의 남포등 불빛

사랑은 기다림이다
영원까지 영원토록 기다림이다.

사랑의 여신 조반니 세간티니 1858-1899 이탈리아, 1894

사랑의 소묘素描

― 아름다운 아픔

잔잔한 호수 위 외기러기 날 때
알 수 없는 아픔이 밀려오는 순간

소박한 영혼의 낮은 몸짓에서
세상 아픔들 기억하는 순간

바람에 날리는 꽃잎의 눈물이
영원의 약속임을 믿는 순간

그대 삶은 사랑이다

애절한 아픔
절절한 아픔
사랑은 아름다운 아픔이다.

나무 옆에서 앙리 르바스크 1865-1937 프랑스

사랑의 소묘素描
– 바라봄

그때는 몰랐다

그대 자유를 인정함이
사랑인 것을

그대 떠남을 축복함이
사랑인 것을

그대를 용서함이
나를 용서함인 것을

그대 적막한 외로움까지
눈물과 서러움과 모자람까지
있는 그대로 바라봄이
사랑인 것을
그때는 미처 몰랐었다.

그리스도와 사마리아 여인 피에테르 그레베르 1600-1653 네덜란드, 1635

나의 하느님

낯선 포구에 등짐을 내리고
여객선을 기다린다

화창한 하룻날이 있었는가 하면
순간의 광풍에 모든 것을 잃은
고통의 시간도 있었다

기적 같던 만남
배려 같던 이별

가시로 찔러 독을 쏟게 하고
막막한 벌판에 한 그루 나무 심어
여우비 지나가길 기다리게 하신 분

그때 그분의 손길이 없었다면
나는 지금 어디에 있을까.

가면무도회 피에트로 롱기 1702-1785 이탈리아, 1740

축복의 슬픔

수다스런 치장과
수치스런 자리다툼

우리 도시는 언제나
소란이 요란하게 잔치중이다

무도회의 탕진과 세월의 절망이
금빛 잔에 차고 넘치니
빈 잔을 찾지 못한 축복이
발길을 돌리며 슬퍼한다

욕망은
외로움의 다른 이름이었다

탐욕은
허무의 다른 이름이었다.

릴리 시어도어 버틀러 1861-1936 미국

나의 꽃들에게 1

삶은 꽃밭을 가꾸는 일인데
꽃들에게 나는 누구였나

다정한 길동무였나
무심한 동행자였나

누가 말했던가
— 묻지[회의懷疑] 않으면 미래는 없다

잡초 밭이 된 세월 앞에서
오늘 나도 묻는다

꽃들에게 나는 누구였나
내게 꽃들은 무엇이었나.

양귀비꽃 들녘 시네이 메르세 1845-1920 헝가리, 1902

나의 꽃들에게 2

꽃밭을 가꾸다 고개를 드니
고추잠자리 떼 지어 날고
들녘은 수채화로 아름답다

인생의 어느 순간이
수채화 빛 회상이려면
가던 걸음 멈추고 가끔은
잠자리채도 휘두르고
호수의 달도 휘저어야 했으리

내가 망가뜨린 꽃밭 앞에 서니
세월의 아픔이 몰려온다

진종일 내리는 가을비 맞아
고개 숙인 꽃들에게
한없이 미안하다.

가을 분위기 앨버트 라이더 1847-1917 미국, 1875

부르는 소리

천년 묵은 동구 앞 은행나무에서
꽃비처럼 내리는 낙과落果 소리로

주인 잃은 빈집 오동나무에
진종일 내리는 빗소리로
이 가을 그분은 소리로 오신다

창밖 풀벌레의 애잔한 울음소리
나룻배에 철썩이는 낙동강 물소리

부르는 소리
부르는 소리
이 가을 그분은 소리로 오신다.

가을 저녁 페르디낭 호들러 1853-1918 스위스, 1893

하얀 시골길

색깔로 이름 할 수 없는
색깔의 모든 것

감성으로도 이름 할 수 없는
감성의 모든 것

가을의 아름다움은
모든 것의 모든 것이다

하얀 시골길에 쏟아지는 가을
빛깔의 스산함이
바람의 적막함이
가던 걸음 멈추고
누군가를 기다리라 한다.

키스 구스타프 클림트 1862-1918 오스트리아, 1908

여행의 멜랑콜리

– 비엔나

클림트를 포기할 수 없는
비엔나의 열광
관광객이 포기할 수 없는
금빛 유혹

카를 광장을 가로질러
도나우 강마을까지 나부끼던
클림트 머플러와 열쇠고리…

모차르트 초콜릿 포장지가 된
그의 그림을 보며 물었다

— 예술이 상술의 날개인가
　　상술이 예술의 날개인가

질문이 애매했었나
청색 작업복에 고양이를 안고
클림트는 말이 없다.

밤의 불빛들, 베를린 거리 레세르 우라이 1861-1931 독일, 1889

여행의 멜랑콜리

– 바이에른

마로니에 꽃들이 흐드러진 오월
유럽의 봄비는 차갑고 음산했다

카페 알트슈바빙에 쓸쓸히 걸린
칸딘스키의 모사품들이
무르나우 언덕의 메아리 되어
한사코 나를 불렀다

님펜부르그 성의 별궁에 갇힌
서른여섯 명 앳된 미녀들이
서러운 역사의 눈동자로
부귀의 흥망을 대변하고 있었다

노천카페의 감미롭던 차 향기도
냉기에 펄럭이던 성전의 촛불도
쓸쓸한 녹턴 빛 여독旅毒이 되었으니
이제는 잊어야하리
마리엔 광장에 내리던 비.

낭만

은화 한 닢이 남았습니다
낭만을 위해 쓰면 안 되겠는지요

낙엽 지는 풍경 속을 하염없이 걷다
쓸쓸한 시골 찻집 창가에 앉아
차 한 잔 마시면 안 되겠는지요

인사동 골목을 이저리 누비다
화롯불 쬐며 솜저고리 꿰매시던
어머니 모습 불현듯 그리워
골무 두어 개 사면…

낭만의 하루가 저물기도 전
서둘러 귀띔을 하시는군요

— 지나침은 모자람만 못하느니.

IV
지금도 늦지 않으리

겨울·무하

평화로운 겨울 라알 밀슨 1849-1935 미국, 1903

겨울나무

겨울나무의 청빈을 본다
저 비움의 한없는 고요는
다시 시작함의 기다림이리

우리는 왜 그럴 수 없는가
살다 가끔 그러고 싶은데
누더기 훌훌 벗고 싶은데

봄을 기다리는 겨울나무처럼
태어남의 순수로 시작하고 싶은데

한 장의 깨끗한 백지 위에
새 그림을 그리고 싶은데.

겨울 존 트와츠먼 1853-1902 미국, 1898

지금도 늦지 않으리

밤새 눈이 내려
천지가 새하얗다

덧없고 부질없고
허무하다 해도
지평선까지 새하얗게 덮는
순백의 사랑이고 싶다

오늘의 사랑이 내일
생애의 상처가 된다 해도
천지를 내 안에 안는
사랑의 열정이고 싶다

지금도 늦지 않으리
눈처럼 지순한 영혼의 노래로
누군가를 사랑하는 일은.

집, 몽마르뜨 페데리코 잔도메네기 1841-1917 이탈리아

고향집

미움과 사랑은 자매인데
사랑에서 미움을 밀어내느라
얼마나 오랜 세월
고향집 떠나 방황했던가

이제야 돌아왔느니
어설펐던 꿈과 부끄러운 기억까지
목마른 그리움과 무너진 세월까지
담담한 물감으로 색칠하려

가난 없는 풍요는
허상이었다

구속 없는 자유는
환상이었다.

백일몽 단테 가브리엘 로제티 1828-1882 영국, 1880

후회

추억의 아련함
기억의 아스라함
우리는 언제나
어제를 후회하며 서럽다

무료함을
우울로 오해하는 사이
욕망을
명예로 착각하는 사이
세월이 덧없이 흘러갔느니

오늘 하루만이라도
주먹을 펴고 자유롭고 싶다.

비전, 꿈결에 보다 알퐁스 오스베르 1857-1939 프랑스

구원 1

퇴색한 대웅전 문살에 쌓인
고색창연한 세월의 아름다움

수평선을 향해 사라지는
돛단배 한 척의 아득한 아름다움

시골 장터를 기웃거릴 때
사람 냄새의 소박한 아름다움

아름다움 앞에서 눈시울이 젖을 때
순간 느낄 수 있으리
눈물이 우리를 구원하는 것을.

오월의 아침 찰스 커란 1861-1942 미국, 1908

구원 2

무리 지어 피어 있는 풀꽃
계곡에 내리는 물안개
아침을 깨우는 소슬한 바람

아름다움 앞에서
가슴을 타고
뜨겁게 흐르는 것

순간 느낄 수 있으리
아픔도 절망도 모두 사라지고
우리 영혼이
깨끗해지는 것을.

에드벌룬 퓌비 드 샤반 1824-1898 프랑스, 1870

자유, 아름다운 비상은

자유의 꽃 한 송이
가슴에 꽂으려
수많은 사람들이 목숨 걸어
오늘도 자일에 매달린다

빙벽 위 수선화는 환상의 꽃
사람들은
이 사실을 애써 외면한다

자유,
그 아름다운 비상飛翔은
구원을 향한 춤인데도
사람들은 이 사실을
애써 외면한다.

잔가지 태우는 여인 카미유 피사로 1830-1903 프랑스

갈잎

바람에 떠도는
갈잎들 모아
수수밭 빈들에서
불을 댕기려니
내게도 타서 재가 되어야 할
아픈 기억들이 떠오른다

이제는 말해야 하리
그대 붉은 꿈은 낡은 깃발
내 상처는 버려야 할 유산

사랑 없는 정의는 폭력
태우고 태워야 할 갈잎이리.

봉헌 빌헬름 리스트 1864-1918 오스트리아

홀로서기

외로움이 깊어 외톨이가 된
그녀의 넋두리를 분양받아
젖은 비탈길 나서는데

황홀하게 만나 덧없이 지는
우리네 인연을 닮은
뭉게구름이 피어오른다

인생은 아름다운 봉헌
부질없는 인연
미련 없이 접고
고요하고 기품 있게
홀로 서야하는데

넋두리가 외로움과 단짝인 것을
그녀가 어찌 상상이나 했으리.

바람 부는 날 해수욕장 윌리엄 체이스 1849-1916 미국, 1888

뗏목

바닷가 목재소 후미진 곳에
아름드리 통나무가 떠다녔다

서너 둥치 품고 사라져도
바다는 묻지 않았으리

밧줄로 얼기설기 엮기만 해도
한 몸 누일 자리 충분했거늘

그 해 여름 뗏목을 띄웠다면
천혜天惠의 섬을 찾았으리

인생은 언제나 출발인데
출발의 때를 무수히 놓쳤구나.

폭풍 피에르 오귀스트 콧 1837-1883 프랑스, 1880

우리가 슬퍼하는 까닭은
– 시인과 정치인

연초록 풀잎에 시를 쓰던
그대가
거리의 춤꾼 되어 우리를 떠나니
소외된 절망감을 어이 감추랴

어느 날 이 거리의
오색 꽃밭 위에 하늬바람 일면
누가 이 도시를 지키며
우리의 슬픔을 함께해주랴

연두색 채마밭에 무서리 내리면
누가 이 작은 가슴들 지키며
우리의 눈물을 진주로 엮어주랴.

죽음의 천사 오레이스 베르네 1789-1863 프랑스, 1851

이마저

붉은 열매의 가을을 꿈꾸며
감나무 두어 그루 울안에 심지만
당신이 부르시면 마다할 수 없지요

인생은 어차피 미완성이니
낯익은 모습으로 꿈길에 오시던
낯선 목소리로 귓전을 때리시던
떠날 차비 서둘러라 이르시면

쓰던 행주 하얗게 삶아 뒤뜰에 널고
친구 두엇에게 작별 인사 나누리

이마저 어리석은 미련이라면
창가 꽃병에 들꽃 두어 송이 꽂을
그 정도 여유는 허락하소서.

영혼의 운문 ; 영혼들의 비행 루이 프랑수와 장모 1814-1892 프랑스, 1860

흔적

가을날 가야산에 단풍놀이 가듯
찬란한 세상을 꿈꾸며 집을 나서리

남은 이들 걱정으로 상심치 않으리
못다 이룬 꿈으로 애태우지 않으리

가루가 되어 산천에 흩어지고
안개가 되어 산마루에 흐르리
영혼을 하늘로 들어올리고
육신을 흙으로 되돌리는
죽음은
아름다운 마지막 봉사라야 하리

생애의 이 세상 흔적은
부엽토 한 줌으로 족하리니.

밤과 잠 에벌린 모건 1850-1919 영국, 1878

기별 주시면

서랍 속 아쉬움도 버리겠나이다
뒤뜰 낙엽도 태우겠나이다
당신이 언제든 기별 주시면

오늘 새벽도 꿈속에서
뒤엉킨 세상살이 미련들이
한줌 재가 되어 흩어지는
허무 앞에서 울었나이다

죽음은 사랑의 완성이니
갈길 서둘러라 이러시면
깨끗한 소복으로 갈아입고
미소 지으며 따르겠나이다.

마음의 침묵 카를로스 슈바베 1877-1927 독일출신 스위스 화가, 1908

어디쯤 왔을까

삶은 욕망과의 싸움
죽음은 빈손의 자유

삶은 세상과의 갈등
죽음은 우주와의 화해

나는 일생 동안
모자람에도 순명했느니
고통 중에도 감사했느니

다정한 친구의 이름을 부르듯
오늘 엽서를 띄우나니

어디쯤 왔니
내 집 앞에 와서는 노크할 것.

제야除夜

선달 절벽 끝에 나를 부려놓고
총총히 사라지는 세월의 바람

머뭇거린 꿈들로 가슴이 시린데
다시 시작하라 재촉하는
뜨거운 목소리가 들린다

― 과거를 묻지 않느니
   하느님은

해마다 그랬던 것을
제야의 종이 울리는 순간
깨끗한 시작을 허락하셨던 것을.

V

그림이 시를 쓰다

시인의 꿈 · 르동

생뜨 빅투아르 산 폴 세잔 1839-1906 프랑스, 1900

풍경화 인생

세월의 장엄함
자연의 고결함
햇빛 찬란한 날의 평화
바람 부는 날의 방황
비오는 날의 우수

세잔의 생뜨 빅투아르 산은
언제나 아름답다

우리들 인생도 이러하리
어제는 희망으로 아름다웠고
오늘은 고달파도 아름다우며
내일은 외로워도 아름다우리

우리 삶이
한 폭의 풍경화라면.

열린 창문 앙리 마티스 1869-1954 프랑스, 1905

창밖의 푸른 꿈 1

우리는 갇혀 있다
상식에 갇혀
이념에 갇혀
두려워하며 숨어 있다

세월에 녹이 쓸어
빗장이 굳었어도
우리는 탈출할 수 있다

커튼만 젖히면
열 수 있는 창
열어야 할 창
마티스의 창이 기다리고 있기에

고통까지도 아름다운 삶이
우리를 기다리고 있기에.

푸른 창문 앙리 마티스 1869-1954 프랑스, 1911

창밖의 푸른 꿈 2

하늘도 푸르고
숲도 푸르다
색칠을 끝낸 마티스는
어느 자락에 숨었을까

비잔틴 향내가 물씬거리는
그의 색채에 녹아들면
내 삶도 그림처럼
영혼을 울리는 음악이 되고
슬픔을 잠재우는
춤이 될 수 있을까

나는 오늘도 그를 만나려
푸른 방을 기웃거린다.

걷는 사람, 수레, 사이프러스가 있는 길 반 고흐 1853-1890 네덜란드, 1890

눈부신 춤

석양에 씨 뿌리는 사람으로
석양처럼 타올랐던 예술혼
고흐의 그림은 색채의 춤이다

물결처럼 출렁이는 밀밭 사이로
푸르고 붉게 뻗은 세 갈래 길
서른일곱 해의 춤을 스스로 멈추고
그는 어느 길로 떠났을까

고갱이 떠난 아를의 밤
생폴드모졸 정신병동의 밤
예술과 현실 사이 외로웠던 밤들

이제는 외롭지 않으리
한 그루 삼나무로 우뚝 서서
세상 절망들을 평정平靜했으므로.

머나먼 그곳

도시는 노을빛 안개에 젖어 있고
길 잃은 사자 한 마리
망연자실茫然自失의 눈빛이다

우수의 겨울비가 내리려나보다
길 잃은 기수는 어디로 갔을까

우리가 돌아가야 할 고향
그곳은 평화로운 영원
이곳은 상실의 나날

마그리트가 그리워한 곳
나도 그곳이 그립다.

향수
르네 마그리트 1898-1967 벨기에

한 송이 능소화의 죽음

장마 비 내리는 어느 날
풀밭에 떨어진 한 송이 능소화

프리다 칼로는
떨어져 웃고 있는 능소화처럼
죽어서도 꽃처럼 아름다웠다

상처 입은 사슴이 말한다
— 영혼이 아파 민중을 사랑했다
   인생을 던져 한 남자를 사랑했다

한 송이 능소화의 장렬한 죽음이
내 영혼의 잠을 깨운다.

상처입은 사슴 / 작은 사슴
프리타 칼로 1907-1954 멕시코

황색 그리스도 폴 고갱 1848-1903 프랑스, 1889

유언 그리고 구원

회향回向을 좌절당한 비탄이
하얀 화폭에 원색으로 쏟아졌다

창백하게 푸른 그리스도
슬픈 황색 그리스도
아베 마리아의 절규로 쏟아졌다

느릿느릿 다가오던 죽음이
빠른우편으로 도착을 알리자
거대한 화판 앞에서
진지하게 던진 물음

— 우리는 어디서 왔으며
　　누구이며 어디로 가는가

유언으로 그린 한 장의 그림으로
고갱의 일생은 용서받았다.

해변의 춤 에드바르 뭉크 1863-1944 노르웨이, 1900

삶은 춤이다

유년의 기억 속
유령들을 불러 모아
달밤에 춤을 춘 남자

타오르는 노을로
절규를 사르고
삶의 춤을 춘 남자

여기
인간의 영혼을 해부하려던
그 남자

뭉크의 해변에
내일 아침이면
찬란한 태양이 솟아오른다.

금빛 아픔의 화살촉

들어서면 길을 잃게 되는
호안 미로Joan Miro는
우리를 가두는 미로迷路다

손가락으로 툭 치면 무너져 내릴
나른한 욕망 아래 눈감은 채 누운
우리를 깨우는 시인의 탄식이다

몽환적 색채로
기하학적 도형으로
영혼의 구원을 노래한 그는
어느 날 내 심장을 강타한
금빛 아픔의 화살촉이다.

**새의 날개에서 떨어진 한 방울 이슬이
거미줄 그늘에서 잠든 로잘린의 눈을 뜨게 했다**
호안 미로 1893-1983 스페인

그림의 바다
– 세 번째 시집을 내며

구도構圖에 관해서도 알지 못합니다
색채에 관해서도 알지 못합니다
그냥 그림이 좋아
그림의 바다를 떠다녔습니다

꽃만을 그린 화가가 있습니다
바다만을 그린 화가가 있습니다
구름만을 그린 화가도 있습니다
깊은 밤 그들이
창을 흔들어댑니다

사랑을 이별을 그리움을…
삶에 대한 열정을 표현할 길 없어
타올라 재가 되었던 예술혼
그들의 각혈인 그림의 바다를
오늘도 하염없이 떠다니고 있습니다.

책 끝에

그림에 힘입어
보잘 것 없는 제 시들이
아름다운 노래가 되기를 기대하며
짝이 될 그림들을 만나보았습니다.
이 시집이 나오기까지 조언을 아끼지 않은
문우, 후배들에게 고마운 마음 전합니다.
우리글 출판사 김소양 사장께도 감사드립니다.

2013년 봄
용인 성지골에서 이 정 옥

내게로 가는 길

지은이 이정옥
1판 1쇄 인쇄 2013년 4월 10일
1판 1쇄 발행 2013년 4월 20일

발행인 김소양
편집주간 김삼주
편집 박무선
마케팅 김지원, 이희만, 장은혜

발행처 ㈜우리글
출판등록번호 제 321-2010-000113호
출판등록일자 2010년 05월 24일

주소 서울시 서초구 양재2동 299-5 남양빌딩 6층
마케팅팀 02-566-3410 **편집팀** 02-575-7907 **팩스** 02-566-1164
홈페이지 www.wrigle.com **블로그** blog.naver.com/wrigle

값은 표지에 있습니다.
ISBN 978-89-6426-062-3 03810
※잘못 만들어진 책은 구입하신 서점에서 교환해드립니다.